Amigos geniales

¡Lee todos los libros de UNICORNIO y YETI!

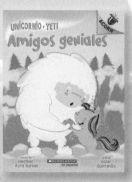

UNICORNIO y YETI

Amigos geniales

escrito por
Heather Ayris Burnell

arte de
Hazel Quintanilla

ACORN™
SCHOLASTIC INC.

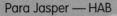

Para Jasper — HAB

A Jason: ¡¡juntos somos geniales! — HQ

Originally published in English as *Friends Rock*

Copyright © 2019 by Heather Ayris Burnell
Illustrations copyright © 2019 by Hazel Quintanilla
Translation copyright © 2020 by Scholastic Inc.

ISBN 978-1-338-63104-3

10 9 8 7 6 5 4 3 2 1   20 21 22 23 24

Printed in China   62

First Spanish edition, 2020

Book design by Sarah Dvojack

Contenido

Arriba y abajo. 1

Una piedra brillante. 24

Lo mejor del mundo. 37

Arriba y abajo

Yeti voló en el aire.

2

¡Y arriba!

Columpiarse parece divertido.

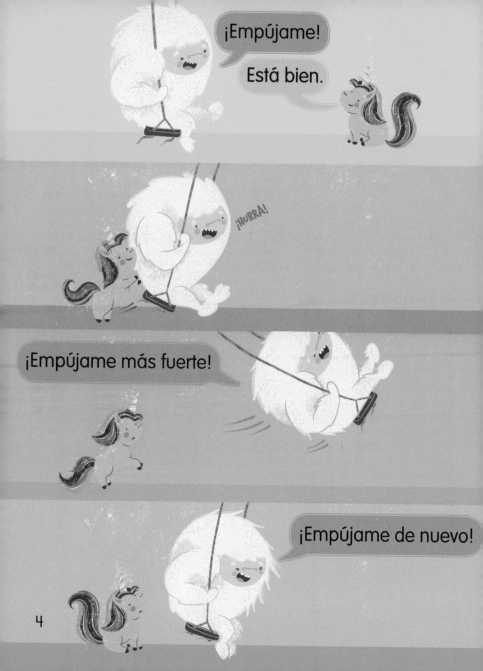

¡Columpiarse es **tan** divertido!

Me gustaría columpiarme.

¡Deberías probar!

¿Puedo montarme?

¡Oh! Puedes ser el próximo.

Yeti seguía…

y seguía…

columpiándose.

8

¡Yupi!

Entonces, ¿voy arriba?

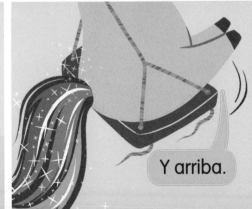

Y arriba.

¡yuujuu!

¡Empújame
más fuerte!

¡Empújame de nuevo!

¡yupiii!

11

Tienes razón.

¡Columpiarse es **tan** divertido!

No es divertido para el que tiene que empujar.

No fue divertido para mí cuando tú te estabas columpiando.

Cuando yo me siento, estoy abajo.

Cuando tú te sientas, yo subo.

Ahora **tú** irás hacia arriba.

16

19

20

Una piedra brillante

¡Una piedra!

Qué brillante.

Brilla muchísimo.

Puff.

Puff.

Tú ya tienes brillo. Debería quedarme yo con ella. ¡Así yo también podría tener algún brillo!

33

Unicornio y Yeti salieron en busca del lugar perfecto donde poner la piedra brillante.

Lo mejor del Mundo

Yeti miró a Unicornio.
Unicornio miró a Yeti.

39

¡Los melocotones son lo mejor del mundo!

¡El helado es lo mejor del mundo!

¿Cómo pueden **dos** cosas ser lo mejor del mundo?

No lo sé, pero sé que los melocotones son lo mejor del mundo.

Los melocotones lucen asquerosos.

El helado luce aburrido.

El helado **es** dulce.

Me gustan las cosas dulces.

Los melocotones son dulces. Saben como la luz del sol.

¡Los melocotones **se parecen** a la luz del sol!

El helado se parece a la nieve.

Es frío como la nieve.

Probaré los melocotones porque tú dices que son lo mejor del mundo,

pero no sé si me gustarán.

Yo probaré el helado.

No sé si quiero compartir **mi** helado.

No sé si quiero compartir **mis** melocotones.

Pero tú eres mi mejor amigo,
así que los compartiré contigo.

¡Y yo compartiré contigo!

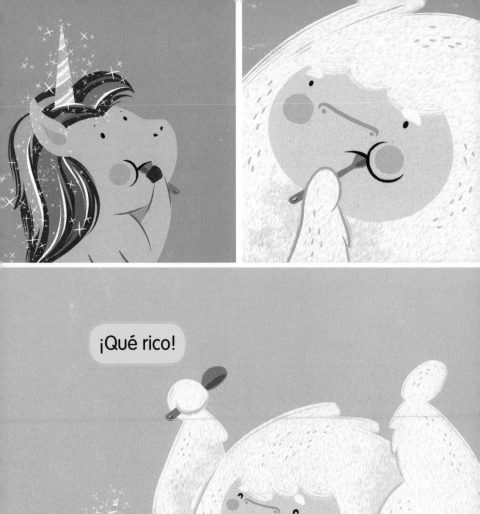

¡Qué rico!

Echamos a perder las dos mejores comidas del mundo. Qué triste.

Y aún tengo hambre.

Humm. Las dos mejores comidas no pueden saber **tan** mal si las mezclamos.

¡Esto es lo **mejor** del mundo!

Apuesto a que lo podemos mejorar aún más.

¿Cómo se podría mejorar lo **mejor**?

55

Sobre las creadoras

Heather Ayris Burnell vive en el estado de Washington, donde le gusta salir a buscar piedras chéveres. ¡Y a veces hasta encuentra piedras brillantes! Heather es bibliotecaria y la autora de Unicornio y Yeti, una serie para lectores principiantes.

Hazel Quintanilla vive en Guatemala. Hazel siempre supo que quería ser artista. Cuando era niña, llevaba un lápiz y un cuaderno a todas partes. ¡Hazel ilustra libros infantiles, revistas y juegos! Y tiene un secreto:

Unicornio y Yeti le recuerdan a su hermana y a su hermano. Sus hermanos hacen tonterías y son simpáticos y extravagantes... ¡igual que Unicornio y Yeti!

¡TÚ PUEDES DIBUJAR MELOCOTONES Y HELADO!

1 Dibuja un círculo tenue con un lápiz. (En el próximo paso, borrarás la mitad del círculo).

2 Dibuja un óvalo en medio del círculo y borra la parte superior. ¡Parecerá un cuenco!

3 Dibuja tres círculos pequeños dentro del cuenco. ¡Ahora tienes tres bolas de helado!

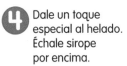

4 Dale un toque especial al helado. Échale sirope por encima.

5 Añade dos trozos de melocotón al cuenco. ¡No olvides la cuchara!

6 ¡Colorea el dibujo!

¡CUENTA TU PROPIO CUENTO!

Unicornio y Yeti comparten sus comidas preferidas.
¿Cuál es **tu** comida preferida?
¿La compartirías con Unicornio y Yeti?
¿Cómo sabría si la mezclas con melocotones y helado de vainilla?
¡Escribe y dibuja el cuento!

scholastic.com/acorn